Moin!

Ich heiße Wolke und bin eine Rettungshündin. Wie alle Hunde kann ich sehr gut riechen. Hier im Klimahaus habe ich die Aufgabe, Tiere, die sich verlaufen haben, zu erschnüffeln und zusammen mit meinem Freund Emil, einem 8-jährigen Jungen, dorthin zurückzubringen, wo sie hingehören.

Jetzt erzähle ich euch einen Fall, der sich hier im Klimahaus zugetragen hat. Es ist eine Geschichte über zwei große Echsen, die man Warane nennt. Sie sind um die ganze Welt gereist und haben Abenteuer erlebt. Und wir waren dabei!

Ihr wisst nicht, was das Klimahaus ist?

Ich werde es euch erzählen. Im Klimahaus Bremerhaven erlebt ihr eine spannende Reise um die Erde. Dabei könnt ihr vieles über Klima, Klimawandel und Wetter lernen. In der Erlebniswelt durchquert ihr 5 Kontinente und 9 Orte, immer entlang des 8. Längengrades. So umrundet ihr einmal den Planeten.

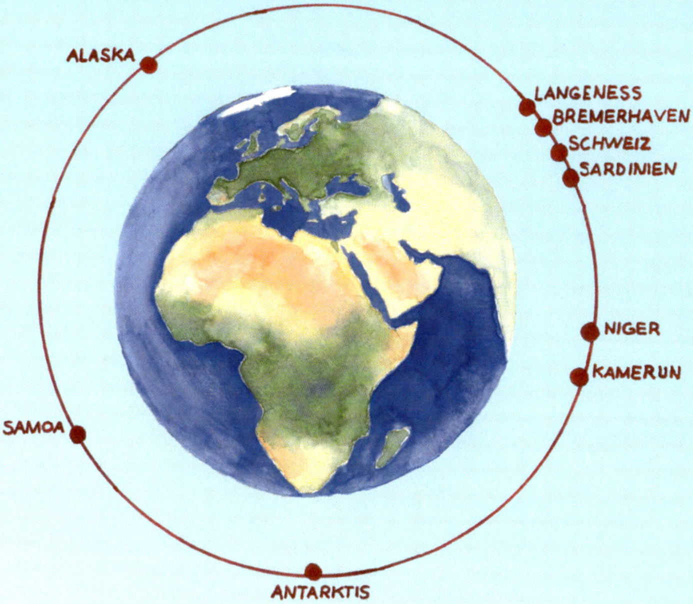

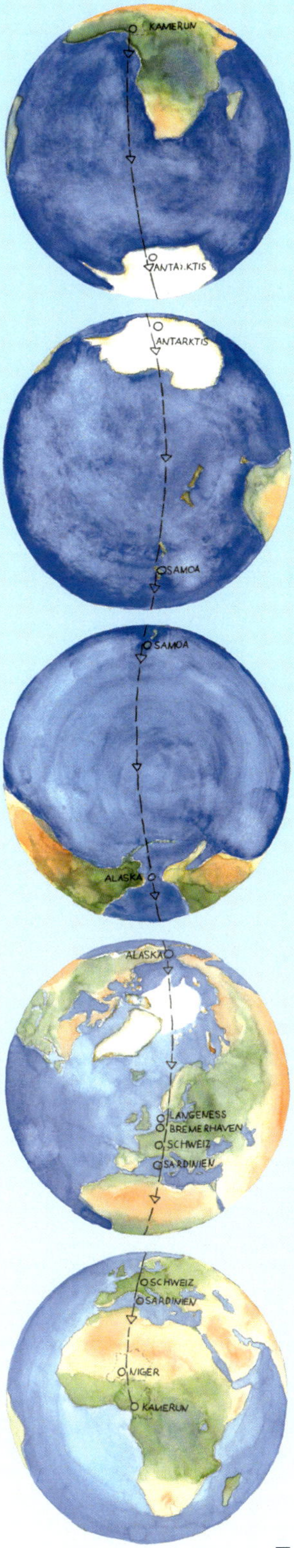

Auf den nächsten Seiten werde ich euch Geschichten aus dem Urwald, der Arktis und Antarktis, den Bergen, der Wüste und dem Ozean erzählen. Die beiden Warane, Bonny und Clyde, spielen dabei eine große Rolle.

KAMERUN

Alles fing mit einer seltsamen Erscheinung an …
Clyde ist ein großer Waran, der im Klimahaus in Kamerun lebt. Er liebt es, viel zu essen, und kann den ganzen Tag kaum an etwas anderes denken. Außerdem hält er sich für den schönsten Waran von ganz Afrika und schaut deswegen mindestens dreimal am Tag in den Spiegelsee. Stellt euch vor, eines Tages sah er anstatt seines ockergelben Spiegelbildes etwas anderes. Aus dem See heraus blickte ihm ein blaugrüner Waran entgegen. Die Erscheinung sprach zu ihm: »Du wirst dein Spiegelbild erst wiedersehen, wenn du einmal um die ganze Erde herumgewandert bist!«
Clyde war stinksauer. Ihm wurde sein Spiegelbild gestohlen! Er beschloss, sich auf Weltreise zu begeben und sein Spiegelbild wiederzuholen. So stürmte er los.

KAMERUN

Was Clyde nicht wusste: Es gibt wirklich einen Waran, der blaugrün ist. Dieser blaugrüne Waran ist ein Weibchen. Sie heißt Bonny und lebt auch im Klimahaus in Kamerun. Von dem gestohlenen Spiegelbild ahnte sie nichts. Bei einem ihrer vielen Spaziergänge durch den Urwald entdeckte sie die Spuren eines Warans, und die konnten nicht ihre eigenen sein. Bonny war ganz aufgeregt und sprach zu sich selbst: »Den will ich kennenlernen!« Also untersuchte sie die Spuren und begann ihre Suche.

Mein Freund Emil war mit mir mal wieder im Klimahaus unterwegs. Wir waren gerade in Kamerun, als Emil plötzlich Bonny laut rufen hörte: »Wie kann ich diesen Waran finden?« Emil lachte und sprach: »Wir können dir helfen. Meine Freundin Wolke ist eine große Spürnase. Wenn jemand den Waran finden kann, dann sie!« Ihr könnt euch bestimmt vorstellen, wie stolz mich das gemacht hat. Und so habe ich die Spur aufgenommen.

ANTARKTIS

Clyde hatte sich schon auf den Weg gemacht, um dem Rat der Spiegelsee-Erscheinung zu folgen.
Er lief Richtung Süden und erreichte den Bereich der kalten Antarktis im Klimahaus.
So brachen auch wir auf, Emil, Bonny und ich. Vorher riet ich Emil noch dazu, seine rote warme Jacke anzuziehen, damit wir ihn immer gut sehen können. Wir sind dann den Spuren gefolgt und marschierten durch die kalte Antarktis.
Ich war ganz erstaunt, wie groß Warane werden können. Denn Bonny hat sich aufgebläht, um nicht zu frieren. Und tatsächlich konnte ich die Spur ...

… des Warans riechen und natürlich im Schnee auch sehen. Trotz der dicken Jacke bibberte Emil und sagte: »Ich kenne keinen Ort, an dem es so kalt ist wie hier! Bonny zittert auch schon.«

»Dann lasst uns weiter der Spur folgen. Meine Nase sagt mir, dass wir Clyde immer näher kommen.«

Antarktis

Wisst ihr, dass die Antarktis der kälteste Kontinent der Erde ist?

Sie befindet sich ganz unten, im südlichsten Teil unseres Planeten, beim Südpol. Die Antarktis ist mit einer kilometerdicken Eisschicht bedeckt. Nur an den Rändern der Küsten gibt es vereinzelt eis- und schneefreie Berge. Hier ist es richtig kalt. Es gibt nur wenige Tierarten, die hier überleben können. Pinguine gehören dazu.

Sehr wenige Menschen leben hier. Es sind Wissenschaftler und Wissenschaftlerinnen, aber auch Köche und Ärztinnen. Sie bleiben immer nur für rund ein Jahr in den Forschungsstationen. Für sie ist die Antarktis ein wahres Paradies, denn hier können sie die Eisschichten und das Eismeer drumherum untersuchen. Mit ihren Geräten bohren sie tief in das Eis. Denn die dicken Eisschichten speichern Informationen über das Klima längst vergangener Zeiten. So fanden sie heraus, dass das Treibhausgas Kohlendioxid in unserer Luft in den vergangenen 200 Jahren stark angestiegen ist. Durch diesen »Treibhauseffekt« hat sich das Klima auf der Erde erwärmt.

Auch in der Antarktis wird es wärmer, und das Eis schmilzt. Vor allem große Eisplatten, die auf dem Meer schwimmen und den Kontinent umgeben, werden immer kleiner.

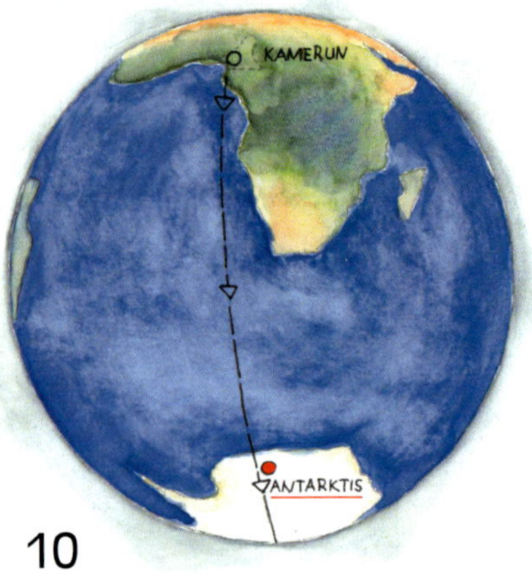

ABER WAS GENAU IST DER TREIBHAUSEFFEKT?

Eine viele Kilometer dicke, unsichtbare Luftschicht umgibt unsere Erde. Das ist die Atmosphäre. Diese Schicht besteht aus verschiedenen Gasen, wie zum Beispiel Kohlendioxid, kurz CO_2. Und diese Gase wirken wie ein Schutzschild. Die Luftschicht sorgt dafür, dass die Sonnenstrahlen nicht einfach von der Erde abprallen. Sie schließt die Wärme ein, so dass es auf der Erde länger warm bleibt. Das ist der natürliche Treibhauseffekt, der wie ein großes Gewächshaus funktioniert.

Da aber immer mehr Treibhausgase, wie zum Beispiel CO_2 von Fabriken, Autos und Flugzeugen, in die Luft gepustet werden, wird die Luftschicht immer dichter und lässt immer weniger Wärme zurück in den Weltraum entweichen. Das heizt unsere Erde auf und verändert unser Klima weltweit.
Wie sich dieser Wandel in den verschiedenen Lebenswelten unserer Erde schon heute zeigt, wird in den folgenden Reisestationen erklärt.

Um von der Antarktis nach Samoa zu gelangen, muss man im Klimahaus durch den Sternenhimmel gehen. Es war unglaublich schön hier. Emil und Bonny waren völlig abgelenkt und orientierungslos, aber ich konnte die Spur halten und ihnen den Weg zeigen. Emils rote Jacke half mir, die beiden nicht aus den Augen zu verlieren. Wir hatten schließlich eine Aufgabe.

SAMOA

Wir waren schon oft auf Samoa, dieser kleinen Insel im Pazifischen Ozean, und ich kann verstehen, dass Emil hier gar nicht mehr weg wollte.

»Ist das schön hier! Ganz anders als in der Antarktis«, rief Emil und schaute sich staunend um.

Wenn Bonny nicht gewesen wäre und so eindringlich darauf bestanden hätte, weiterzusuchen, wäre ich wahrscheinlich heute noch mit Emil auf Samoa.

Samoa

Kennt Ihr das Südseeparadies Samoa?

Auf Samoa findet ihr weiße Sandstrände und Palmen. Ihr könnt im türkisblauen Meer baden und viele bunte Fische beobachten. Hier ist es richtig schön warm. Samoa gehört zu einer Inselgruppe im Südpazifischen Ozean, die größtenteils nur wenige Meter über dem Meeresspiegel hinausragt. Um die Küsten herum wachsen im Meer wunderschöne bunte Korallenriffe. Sie werden auch als »Regenwälder der Meere« und »Kinderstube der Ozeane« bezeichnet. Korallen sind Tiere, die in Gruppen an einem festen Ort im Wasser leben. Sie bieten vielen Pflanzen und Tieren Lebensraum. Die Korallenriffe schützen die Küsten als natürliche Wellenbrecher. Aber dieses Südseeparadies ist bedroht. Schon wenn sich das Meerwasser um nur weniger als ein Grad Celsius erwärmt, gerät das Leben des Korallenriffs in Gefahr. Es wird für die Korallen zu warm. Sie stoßen die winzigen Algen ab, die in ihnen leben. So verlieren sie ihre Farbe, werden ganz bleich

und sterben. Wenn sie absterben, verliert Samoa seine natürliche Verteidigung gegen Sturmfluten. Und auch der Lebensraum für Tiere und Pflanzen im Meer geht verloren.

Weltweit steigt der Meeresspiegel an. Auf Samoa führt dies zu Überschwemmungen, Zerstörungen der Küsten durch starke Wellenbewegungen sowie zu Boden- und Süßwasserversalzung, denn das salzige Meerwasser dringt immer öfter in das Land ein.

Die Stürme, die man hier Zyklone nennt, werden durch die Klimaveränderung gefährlicher. Über dem aufgeheizten Ozean können sich Stürme schneller verstärken und durch heftige Regenfälle mehr Schaden anrichten als früher. In den letzten Jahrzehnten gab es auf den Inseln immer wieder schwere tropische Wirbelstürme. Sie zerstörten Dörfer und richteten Überschwemmungen an.

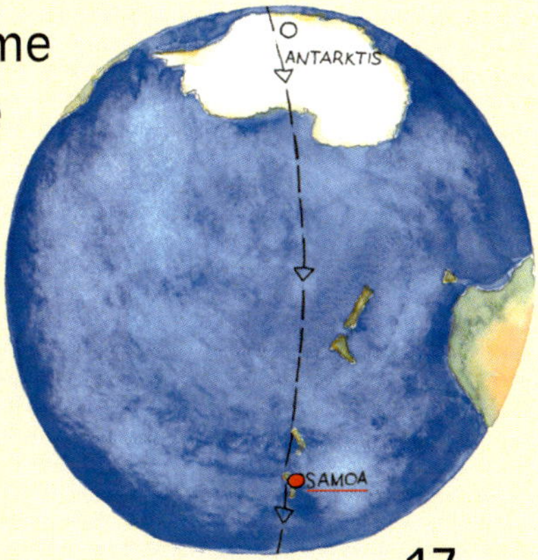

Wir mussten als Nächstes durch den Pazifischen Ozean, die Spur führte nämlich nach Alaska. Und wenn man da durchspaziert, kann man sich schon erschrecken. Diese riesigen Meerestiere, die man da sieht, haben Emil und Bonny Angst gemacht. Aber ich bin Wolke und fürchte mich nicht! Meine Nase hat uns sicher in den nächsten Bereich gebracht.

ALASKA

Hoch im Norden von Amerika, in Alaska, war es wieder sehr kalt. Was uns aber erstaunt hat, war die Tatsache, dass viel weniger Eisgletscher als früher da waren. Emil und ich waren ja schon oft hier. Die herumliegenden Eiswürfel machten uns nachdenklich, und die Musikklänge aus dem Klavier begleiteten das Schmelzen der Eisgletscher auf tragische Weise. In der Ferne sah ich einen Waran auf dem Wasser treiben. Nun wurde es spannend. Wir machten das so wie er, stiegen auch auf eine Eisscholle und schipperten ihm hinterher. Wir waren uns sicher, dass wir ihn gleich erreichen würden.

Alaska

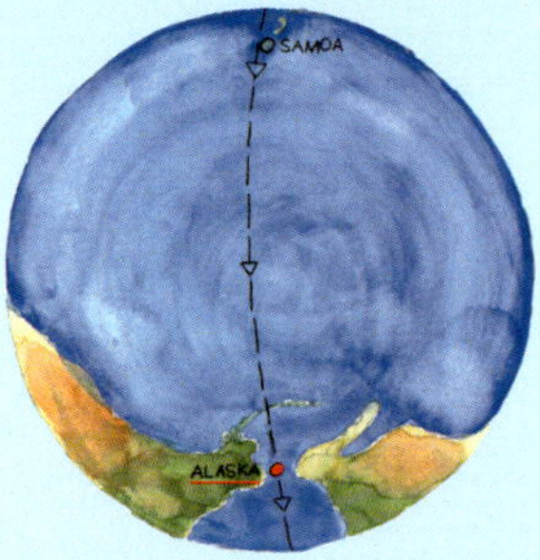

Wisst ihr, dass Alaska ganz in der Nähe vom Nordpol liegt?

Diese Region gehört zur Arktis. Das ist ein sehr großes Gebiet mit Eis und Schnee um den Nordpol herum. Wolke, Emil und Bonny waren auf ihrer Reise auch schon in der Antarktis, die auf der anderen Seite der Erde liegt, nämlich am Südpol. Sie haben die Erde also schon zur Hälfte umrundet.

In der Arktis kann man das Schmelzen des Eises durch die Erwärmung der Erde ebenfalls beobachten. Heute schmilzt mehr Eis als noch vor einigen Jahrzehnten. Es taut im Frühjahr viel früher, und im Herbst beginnt das Eis, immer später zu frieren. Nirgendwo auf der Welt erwärmt sich die Erde so schnell wie hier in der Arktis. Die Temperaturen steigen zwei- bis dreimal so schnell wie sonst im Durchschnitt weltweit.

Und das gefährdet Tiere. Besonders die Eisbären leiden unter dem Klimawandel. Sie können nur vom Packeis aus jagen. Hält die Eisdecke nicht lange genug an, können sie sich nicht ausreichend Reserven für den Winter anfressen. Die

Folge ist, dass die Bären verhungern.
In den letzten Jahren konnte noch eine weitere bedrohliche Entwicklung beobachtet werden…
Ein Großteil des Bodens von Alaska besteht aus Permafrost. Hier ist der Boden viele Meter tief immer gefroren. Weil es in Alaska wärmer wird, beginnt auch der Permafrost zu tauen. Dadurch werden uralte Materialien freigesetzt, die durch pflanzliche und tierische Reste entstanden sind. Diese enthalten die Treibhausgase Kohlenstoff, Kohlendioxid und Methan, die dann in die Atmosphäre gelangen.
Durch die Erwärmung des Bodens schmilzt das Eis im Untergrund, der Boden sackt ab, Senken bilden sich und füllen sich mit Wasser. Es entstehen Seen. Da das Wasser warm ist, taut der Boden noch schneller. Ganze Straßen und Häuser sacken ab. Das Auftauen des Permafrostes könnte die Klimakrise noch verschärfen.
In der Arktis sind alle drei Eisarten gefährdet: Meereis, Landeis und Permafrost. Auch die Schneebedeckung geht zurück. Wenn helle, weiße Oberflächen wie Meereis und Schnee schrumpfen, wird weniger von der Sonnenenergie in den Weltraum zurückgestrahlt. Stattdessen erwärmt sich die Erde weiter. Und dies führt wiederum zu einem verstärkten Abschmelzen von Eis und Schnee. Das nennt man Rückkopplungseffekt.

ALASKA

Ich konnte sehen, wie sich Clyde selbstverliebt in einem großen Eispickel betrachtete.
Clyde sah im Spiegelbild zum Teil sich selbst, zum Teil einen blaugrünen Waran!

ALASKA

Und ihr werdet es nicht glauben: Die Meeresströmung hat uns zueinander gebracht, so dass sich Bonny und Clyde gut sehen konnten. Für Clyde war es ein Erlebnis. Nun wusste er, dass es den blaugrünen Waran wirklich gab, und er hatte auf einmal keine Augen mehr für sein Spiegelbild.

Doch was war das? Sturm!

Die Wellen peitschten, und kurz vor unserem Zusammentreffen trieb der Sturm uns wieder auseinander.

Zum Glück war die Seenotrettung unterwegs. Auch Clyde hatte das Rettungsschiff gesehen. Nun müsst ihr wissen, dass Warane nicht nur ihre Körpergröße verändern können, sondern auch ihre Hautfarbe. Die können sie, wenn sie in Gefahr sind, auch zum Leuchten bringen. Das hat Clyde gerettet. Ich kann auch im Sturm gut riechen und verfolgte weiter seine Spur. Ich sah, wie Clyde auf ein Holzboot sprang und dem Rettungsschiff entgegenschipperte. Bei uns sah es nicht so gut aus.

Während wir hohe Wellen ertragen mussten und unsere Eisscholle immer schneller schrumpfte, sahen wir in der Ferne eine kleine flache Insel. Das war unsere Rettung. Zum Glück kamen wir auf der Hallig Langeneß an.

LANGENESS

Im Hotel »Ankers Hörn« wurden wir freundlich empfangen. Dort erfuhren wir auch aus dem Radio, dass ein leuchtender Waran auf hoher See gerettet und nach Bremerhaven ins Klimahaus gebracht wurde.

Langeneß

Was ist eigentlich eine Hallig?

So nennt man flache Inseln ohne Bäume vor der Nordseeküste. Langeneß ist so eine Hallig und liegt mitten im Wattenmeer, nahe den nordfriesischen Inseln. Das Wattenmeer der Nordsee ist ein Gebiet, in dem Ebbe und Flut die Landschaft formen. Hochwasser und Niedrigwasser wechseln sich täglich ab.

Die Menschen auf den Halligen leben im Rhythmus dieser Gezeiten. Wenn das Wasser steigt, müssen sie näher zusammenrücken. Und sobald sich das Wasser zurückzieht, ist für alle wieder mehr Platz. Man kann dann sogar zu Fuß oder mit der Lorenbahn zum Festland gelangen. Die Lorenbahn ist eine kleine Eisenbahn, die auf Schienen auf einem Damm fährt.
Das Wattenmeer bietet Millionen von Zugvögeln Rast, Schutz und Nahrung.

Aber auch der Meeresspiegel der Nordsee steigt durch die Erwärmung der Erde an. Verursacht wird dies vor allem durch das Abschmelzen des Eises an den Polen. Die Zahl und die Heftigkeit der Stürme und Sturmfluten nehmen zu. Schon heute herrscht auf den Halligen bei jeder Sturmflut »Land unter«. Dann ragen nur noch Warften mit den darauf gebauten Häusern aus der Flut heraus. Diese Warften sind Hügel auf den Halligen, die von Menschen aufgeschüttet wurden.

ALASKA
LANGENESS
BREMERHAVEN
SCHWEIZ
SARDINIEN

Durch diese Nachricht konnten wir die Spur wieder aufnehmen. Freundlicherweise wurde uns vom Hotel eine Lore zur Verfügung gestellt. So konnten wir über einen Damm bis zum Festland fahren. Danach ging es mit dem Zug weiter bis nach Bremerhaven.

Dort, in der Empfangshalle, staunte Emil über die Kunstwerke zu den Reisestationen, die Kinder gemalt hatten. Wir hatten ganz ähnliche Eindrücke von unserer Reise. Ich habe Clyde gerochen und Bonny wohl auch, denn sie streckte ihre gespaltene Zunge immer wieder heraus. Wir machten uns auf den Weg, obwohl sich Emil lieber weiter die Bilder anschauen wollte.

BREMERHAVEN

SCHWEIZ

Unsere Abenteuer waren noch nicht zu Ende. In der Schweiz gerieten Emil, Bonny und ich in eine Lawine, die aus Eis und Steinen bestand. Clyde konnte sich in eine kleine dunkle Höhle unterhalb des Gletschers retten. Dort konnten wir uns auch hineinflüchten. Emil und Bonny waren erstaunt über die Naturgewalt. »Eine Lawine ist keine Seltenheit in den Alpen, da muss man gut aufpassen«, erklärte ich den beiden.

Schweiz

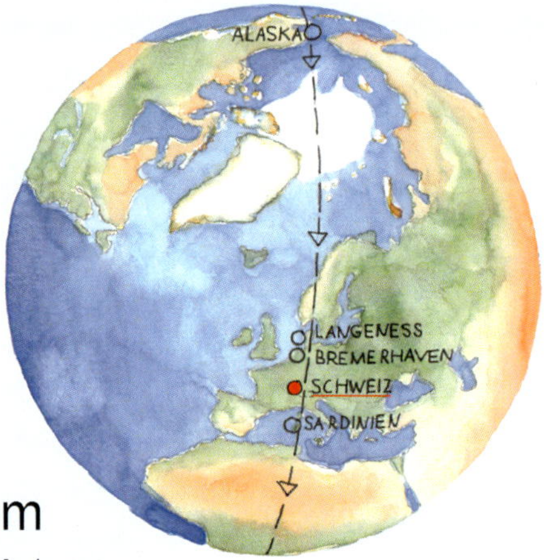

Kennt ihr die Alpen mit ihren wunderschönen schneebedeckten Bergen?

Die Schweiz liegt in den Alpen, dem größten Gebirge Europas. Hier gibt es sehr große Berge, manche sind über 4.000 Meter hoch. In den höheren Lagen der Gebirge gibt es große vereiste Flächen, die man Gletscher nennt. Deren Größe hat aber in den letzten Jahren abgenommen. Immer mehr gefrorene Eisschichten tauen wegen der Erderwärmung auf. Dadurch lösen sich Steine, Wasser dringt in

die Felsspalten und sprengt das Gestein ab. Dies führt immer häufiger zu Steinschlägen und Muren, das sind Lawinen aus Schlamm und Steinen. Und sie reißen auf dem Weg talwärts alles mit, was ihnen im Weg steht, selbst große Felsblöcke und fest verwurzelte Bäume. Wenn es dann häufig und lange regnet, wird es noch schlimmer.

Gletscher beeinflussen ganz wesentlich das weltweite Klima. Durch die Erderwärmung verlieren die Eisflächen zunehmend ihre kühlende Funktion und verursachen einen weiteren Anstieg der Temperaturen auf der Erde.

SARDINIEN

Die Reise ins Unbekannte ging weiter. Die Flucht vor der Lawine hatte alle sehr angestrengt, und wir sind kurz in der Höhle eingenickt. Als wir wieder aufwachten, fanden wir uns im Inneren einer riesigen Cola-Dose wieder. Wir waren geschrumpft! Draußen sahen wir Clyde durch die Gegend springen. Hungrig betrachtete er die riesigen Heuschrecken. Sie sind auf Sardinien eine große Plage, denn sie fressen die Felder kahl. Clyde hatte zwar großen Appetit, aber er ist nicht dumm. Diese Heuschrecken hier waren einfach zu groß.

Sardinien

Wisst Ihr, dass Sardinien kein Fisch, sondern eine Insel im Mittelmeer ist?

Sardinien ist natürlich kein Land der Riesenheuschrecken, die Lebewesen sind hier ganz normal groß. Auf der Insel gibt es herrliche Strände, wilde Gebirgszüge, kleine Dörfer und Städte.

Hier ist es sehr heiß. Extreme Hitzewellen mit sehr hohen Temperaturen kommen immer häufiger vor. Und es gibt nur wenige Regentage im Sommer. Dabei trocknen die Pflanzen und die Böden bedrohlich aus. Die Wasserspiegel der Flüsse sinken stark.

Die noch wenigen vorhandenen Wälder sind heutzutage jeden Sommer vom Feuer bedroht. Jahr für Jahr zerstören riesige Waldbrände Olivenhaine, Nadelwälder und Eukalyptusbäume. Starke Winde fachen die Brände immer wieder von Neuem an. Häufig entstehen auch Brände, weil Menschen sich nicht vorsichtig genug in den trockenen und hitzegeplagten Wäldern verhalten und zum Beispiel unachtsam Zigarettenstummel wegwerfen. Es werden auch vorsätzlich Brände gelegt, weil man glaubt, so billiges Bauland zu bekommen.

Durch die Klimaveränderungen wandern immer mehr Tiere aus Afrika nach Sardinien ein. So zum Beispiel Heuschrecken, die bisher nur im wärmeren Afrika zu Hause waren. Diese eingewanderten Arten verdrängen die einheimischen Tiere und Pflanzen. Sie können zu einer Plage werden und auch krankmachende Erreger mitbringen, die bisher auf der Insel unbekannt waren.

NIGER

Mit dem Vogelzug wanderten wir weiter Richtung Süden, nach Niger. Bonny und Clyde konnten sich hier das erste Mal so richtig in die Augen schauen. Clyde spürte, dass er seinem Ziel näher kam. Bald würde er wieder sein Spiegelbild sehen können. Also planten die beiden großen Echsen, zusammen nach Kamerun zu gehen.

Bonny und Clyde hatten sich gefunden. Emil und ich wollten die beiden zurück nach Kamerun begleiten. Aber hier in Niger gab es viel zu schnüffeln, aus einer längst vergangenen Zeit. Emil war auch beschäftigt und erkundete aufgeregt die verschiedenen Gucklöcher, in denen noch mehr Infos über Niger und Afrika zu finden waren.

Später, auf unserem Weg durch die Sahara, erzählte Emil mir, was er in den Gucklöchern entdeckt hatte.

Niger

Wisst ihr, dass die Wüste Sahara früher einmal von einem Meer bedeckt war?

Niger, ein Land im Westen Afrikas, liegt heute größtenteils in der Wüste, die man Sahara nennt. Die Sahara ist die größte Wüste der Erde. Sie besteht aus Sand sowie aus großen und kleinen Steinen. Für Tiere und Pflanzen gibt es daher sehr wenig Lebensraum.

Trockenzeiten wechselten sich in der Sahara seit Millionen von Jahren mit Feuchtzeiten ab. Und es gab auch eine Zeit, da war es auf der Erde sehr warm. Der Meeresspiegel lag viel höher als heute. So war die Sahara vor Millionen von Jahren von einem großen Meer bedeckt.

Ihr seht also, Klimawandel hat es in der Erdgeschichte immer schon gegeben. Der Mensch hat ihn mit seinem Eingriff allerdings beschleunigt.

Heute ist es in der Wüste sehr heiß, und nachts wird es richtig kalt. Der trockene Passatwind weht das ganze Jahr über und bringt seltener Regen mit. Für Menschen, Tiere und Pflanzen wird es immer schwieriger, in Niger zu leben, denn die Wüste breitet sich weiter aus.

Sahara heißt »Meer ohne Wasser«, aber in tiefen Bodenschichten liegen riesige Wasserspeicher. Sie sind Überbleibsel aus einer Zeit, als es hier noch Gewässer gab und die Wüste noch grün und fruchtbar war. Damit die Menschen in Niger an das lebenswichtige Wasser kommen, müssen sie heute 50 bis 70 Meter, manchmal sogar bis zu 120 Meter tiefe Brunnen bohren. Häufig müssen sie lange Wege zurücklegen, um zu den Brunnen mit dem Wasser zu gelangen.

Niger

Emil erzählte mir später, was er durch das Guckloch gesehen hatte:

- Vor 135 Millionen Jahren war die Sahara voller Leben. Hier waren Dinosaurier zu Hause.
- Vor 110 Millionen Jahren war die Sahara von einem großen Meer bedeckt, mit Tieren und Pflanzen im Wasser. Damals war es sehr warm auf der Erde. Der Meeresspiegel lag viel höher als heute. Viel Wasser aus dieser damaligen Zeit ist heute als Eis in den Gletschern gebunden, vor allem in der Arktis und Antarktis.
- Vor 60.000 Jahren war die Sahara Lebensraum für Tiere und Pflanzen.
- Bis vor 6.000 Jahren war die Sahara noch ein blühendes Paradies, durchzogen von Flüssen und Seen.
- Vor 200 Jahren zogen noch Viehherden durch die Sahara.
- Heute gibt es hier nur noch die karge Wüste.

Man nimmt an, dass das Ergrünen und Ertrocknen von immer wiederkehrenden Schwankungen in der Erdumlaufbahn und der Erdachse abhängt. Mal ist eine Erdhalbkugel näher an der Sonne als die andere Hälfte, mal weiter entfernt. Diese sogenannte Präzession beeinflusst das Klima der Erde in regelmäßig wiederkehrenden Zeitabschnitten von etwa 21.000 Jahren.

Gemeinsam, alle vier – Emil, Bonny, Clyde und ich – zogen wir wie eine Karawane durch die Wüste, um nach Kamerun zu gelangen. Der Weg war lang und schwer. Wenn ich noch an diese Hängebrücken im Regenwald denke! Manche bestehen nur aus Baumstämmen ohne Geländer zum Festhalten. Oft sind sie feucht und rutschig. Oder in der Hängebrücke fehlen einfach einige Bretter! Wir mussten all unseren Mut zusammennehmen, um diese Hürden zu nehmen. Denn Clyde wollte uns unbedingt etwas zeigen.

KAMERUN

Kamerun

Kennt Ihr das »grüne Gold Afrikas«?

Wenn ihr in Afrika weiter in den Süden reist, dann kommt ihr nach Kamerun. Dort gibt es einen großen Regenwald. Die Bäume hier sind riesig und uralt. Durch die Wälder schlängeln sich Flüsse, in denen sich viele Fische tummeln. Das ist das »grüne Gold Afrikas«. Viele Tier- und Pflanzenarten der Erde leben in diesem tropischen Regenwald, zum Beispiel Affen, Elefanten und Vögel. Der Regenwald ist auch die Heimat unserer beiden Warane, Bonny und Clyde.

In den letzten 50 Jahren hat sich die Regenwaldfläche auf der Erde insgesamt halbiert, denn die Menschen fällen sehr viele Bäume. Täglich werden Baumflächen in Fußballplatzgrößen abgeholzt, um das Holz als Bau- oder Brennmaterial zu nutzen. Vor allem aber auch, um hier Palmölpflanzen anzupflanzen. Das Palmöl, das aus den Früchten und Kernen der

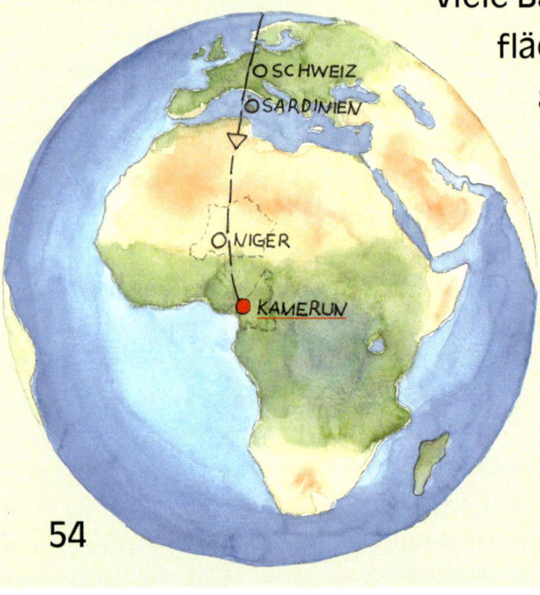

besonders ertragreichen Ölpalme gewonnen wird, ist das meistverwendete Pflanzenöl weltweit. Es ist zum Beispiel in Fertigsuppen, Tiefkühlpizzen, Schokoriegeln, Kakao, Kaffee, Margarine, Toilettenpapier, Servietten und Blockflöten enthalten, aber auch im Brennstoff für Kraftwerke und Fahrzeuge. Die Tiere des Regenwaldes können in Palmölplantagen nicht leben. Durch die Baumfällungen verlieren sie ihren Lebensraum.

Wenn die Menschen in dem bisherigen Tempo die Regenwälder zerstören, dann wird es spätestens im Jahr 2060 keinen Regenwald mehr geben. Und dabei sind die Regenwälder so wichtig für unser Klima. Denn die Pflanzen binden die klimaschädlichen Treibhausgase, die wir durch Kohle-, Erdöl- und Erdgasverbrennungen erzeugen. Man bezeichnet die Regenwälder daher auch als Speicher für diese Treibhausgase und als riesige Kühlanlagen. Durch die Vernichtung des Regenwaldes verstärkt sich der Klimawandel noch.

KAMERUN

Als wir an einem kleinen See ankamen, rannte Clyde sofort dorthin. Es war der Spiegelsee. Er wollte schauen, ob er sein eigenes Spiegelbild wiederbekommen hatte. Bonny rannte hinterher, sie wollte auch ihr Spiegelbild sehen. Und siehe da, beide sahen sich im Spiegelsee: in Blaugrün und Gelbocker!
Einmal rund um die Erde, das war echt spannend. Die Geschichte endet hier. Aber sie hat uns alle nachdenklich gemacht.

Nachwort von Wolke

Bonny und Clyde haben sich gefunden. Jetzt leben sie bestimmt ganz glücklich im Regenwald von Kamerun und sind Freunde geworden. Aber ihr Paradies in Kamerun ist bedroht, genauso wie die anderen Lebensräume, die wir auf unserer Reise um die Welt besucht haben. Als wir in der Antarktis waren, da haben uns die Wissenschaftler und Wissenschaftlerinnen aus den Forschungsstationen viel von dem Klimawandel und dem damit verbundenen Ernst der Lage für uns alle erzählt. Aber – was bedeutet das denn nun ganz genau?

Sind wir wirklich auf dem Weg in eine neue Heißzeit?
Auf die Frage, die sich alle Menschen dieser Welt stellen sollten, kann ich nach allem, was ich jetzt mit Emil erlebt habe, nur sagen: Ja, das ist so!
Und wir müssen alle miteinander handeln!
Ich sage: Die Menschen müssen sich schlau machen und so schnell wie möglich aufhören, Kohle, Erdöl und Erdgas zu verbrennen.
Es ist viel klüger, Energie mit Wind und Sonne zu erzeugen. Nur dadurch lässt sich die weltweite Erwärmung verlangsamen. Erste Schritte werden ja auch schon unternommen. Windkraftwerke und Solaranlagen zur Gewinnung von Strom werden gebaut, Bäume neu gepflanzt, Wälder wieder aufgeforstet, Sümpfe und Moore wieder hergestellt und vieles mehr. Aber es müssen noch viel mehr Menschen mitmachen und auf ihre Umwelt achten. Es ist nie zu spät, damit anzufangen.
Und ich fange jetzt an! Ich räume jetzt hier im Buch auf und sammel die weggeworfenen Cola-Dosen ein! Und du kommst mit!

Warane

Die Drachen der Urzeit

Lange bevor die ersten Menschen lebten, waren schon die Vorfahren unserer heutigen Warane auf der Erde. Das weiß man, weil Wissenschaftler und Wissenschaftlerinnen Fossilien von Waranen aus dem Erdboden gegraben haben, die etwa 65 Millionen Jahre alt sind. Fossilien sind etwas, was von vergangenem Leben übrig geblieben ist.
Es gibt kleine, große und sehr große Warane. Manche können zusammen mit ihrem Schwanz eine Länge von 2,40 Meter erreichen. Unsere Nilwarane Bonny und Clyde können insgesamt 1,50 Meter groß werden, wobei ihr Schwanz ungefähr einen Meter lang ist.
Warane leben in ganz unterschiedlichen Gebieten auf der Erde. Es gibt sie in Wüsten und deren Randgebieten ebenso wie auf Baumkronen in den Regenwäldern. Und sie sind sehr gute Schwimmer, die auch das Meerwasser nicht scheuen. Mit ihren vier Beinen und dem großen kräftigen Schwanz können sie schnell laufen und geschickt klettern.

Der Waranschwanz wird auch als Stütze und zur Verteidigung eingesetzt. Warane können sehr gut sehen und auch riechen. Dabei züngeln sie mit ihrer gespaltenen Zunge, um Duftstoffe aufzunehmen. Wenn Warane aufgeregt sind, dann machen sie sich größer. Sie blähen ihren Körper auf, indem sie ihre Rippen spreizen. Und manche Warane können auch die Farbe ihrer Haut verändern.

Mit ihrer gespaltenen Zunge unterscheiden sie sich von anderen Echsenarten. Dadurch können sie ihren Schlund erweitern und auch größere Nahrungsstücke fressen. Und gefressen werden vor allem Insekten, aber auch kleine und mittelgroße Tiere.

Leider gehören Warane zu den bedrohten Arten auf unserer Erde. Ihr Lebensraum ist durch Umweltzerstörungen gefährdet.

Warum sind Hunde echte Spürnasen?

Auf der Reise um die Welt habe ich immer den richtigen Riecher gehabt. Ich konnte den Waran Clyde mit meiner Supernase gut erspüren, trotz all der Gefahren und Abenteuer, die ich dabei zusammen mit Emil und Bonny erlebt habe.

Und das hat folgenden Grund: Gerüche kann man nicht sehen, weil sie aus viel zu kleinen Teilchen bestehen. Hunde können sie aber sehr gut riechen, viel besser als Menschen. Wenn man die Größe der Riechkraft der Hunde mit der Riechkraft der Menschen miteinander vergleicht, dann hätten wir Hunde Riesenschnauzen und Menschen ganz kleine Nasen. Weil wir so gut riechen können, helfen wir beim Suchen nach vermissten Menschen und Tieren. Wir können mit unserer Spürnase auch Krankheiten erschnuppern. Hunde können alles erschnüffeln und finden.

Dank

Es war eine besondere Freude für uns, die vielen Aquarelle zu malen, die Reise von Emil, Wolke, Bonny und Clyde zu erzählen und die Informationen über den Klimawandel zusammenzutragen. Für die kreative und einfühlsame Unterstützung möchten wir dem Verlag danken. Vor allem Annalena Kienitz als Lektorin und Jennifer Chowanietz als Grafikerin haben unser Buch bereichert.
Für die freundliche Hilfe und Unterstützung für dieses Buchprojekt möchten wir uns auch beim Klimahaus Bremerhaven herzlich bedanken.

Jutta Bettin, geboren 1956, war bis Ende 2019 als Stadtplanerin in Bremen tätig.

Jochen Killing, geboren 1953, war bis 2013 als leitender Fachpfleger für Anästhesie und Intensivmedizin sowie als Betriebsrat in Bremen tätig.

IMPRESSUM

St.-Pauli-Deich 3 • 28199 Bremen
Tel. 0421 778 66 • info@kellnerverlag.de • www.kellnerverlag.de
Gesamtlayout: Jennifer Chowanietz
Lektorat: Annalena Kienitz
Gesamtherstellung: Der DruckKellner, Bremen

ISBN 978-3-95651-425-8

Dieses Buch ist bei der Deutschen Nationalbibliothek registriert. Die bibliografischen Daten können online angesehen werden: **http://dnb.d-nb.de**